PARESSE

à mon ami Jean-Philippe Mathieu qui a porté l'oisiveté à la dimension d'un art de vivre. M.P.

en souvenir de Hervé Gaudin. R.C.

 - Dépôt légal 2nd semestre 1996 - N° d'édition 10 989 - ISBN 2 226 08239 5

Collection dirigée par Marc de Smedt et Michel Piquemal

PAROLES DE PARESSE

Recueillies par Michel Piquemal

Images de Rémi Courgeon

ALBIN MICHEL

Il peut paraître provocateur, en une époque où tant de personnes se trouvent privées de travail salarié, d'intituler un livre *Paroles de Paresse* et de se livrer sans honte à une apologie du « ne rien faire ». Mais n'est-il pas pourtant nécessaire de prendre de temps à autre du recul et de s'interroger sur le sens profond des concepts et des mots ? Pourquoi le Travail serait-il une vertu naturelle et la Paresse un vice ? Pourquoi ne nous définirions-nous que par notre statut professionnel ? Qui a dit que l'homme était fait pour visser des boulons, pour classer des fiches, ou pianoter éternellement sur un clavier d'ordinateur ?... Il est fait pour vivre... et vivre inclut aussi bien l'inspiration que l'expiration, l'agir et le non-agir.

Si la paresse est devenue dans notre civilisation l'ennemie suprême, c'est parce que l'individu qui paresse ne produit ni ne consomme. Or notre société marchande ne nous reconnaît plus que ces deux tristes rôles «produire et consommer», sans lesquels son équilibre est rompu. Selon la sacro-sainte morale de consommation, les loisirs même doivent être des loisirs actifs. Il faut faire du bricolage, du parapente, du jardinage, du footing ou du canyoning... Faire et toujours faire, c'est-à-dire en clair acheter et consommer. Nous croyons être actifs, nous sommes *activisés*... Jusqu'aux enfants de nos sociétés modernes qui ne cessent de travailler : bachotage dès la maternelle pour les nantis de l'Occident et esclavage dans les mines et les fabriques pour les pays pudiquement appelés « en voie de développement »...

Or à force d'être actifs et *activisés*, nous perdons contact avec les réalités essentielles. L'oisiveté que Thomas Hobbes appelait « la mère de la philosophie » est un temps nécessaire, un indispensable « lâcher prise » qui permet à l'homme de se recentrer. Il faut redécouvrir les délices de la paresse qui est sans aucun doute le meilleur médicament contre le stress fébrile de la vie moderne. Il faut oser chaque jour quelques minutes de paresse en plus, des minutes volées à ce dieu Travail que Joseph Delteil dénonçait déjà comme « la grande mystification » du XXe siècle. Il faut redécouvrir « l'oisiveté du sage » dont parle La Bruyère, une oisiveté qui n'est pas fainéantise mais un temps de « vacance » rond et plein. La morale de la paresse est à réinventer ! De toute urgence mais avec sérénité !

Michel Piquemal

et si on ne faisait rien? On se réveillerait dans sa chambre, un matin d'été. On entendrait un râteau dehors, sur le gravier. Il y aurait des rayons de soleil par les persiennes et une petite poussière blonde. L'oreiller serait tout chaud, mais de l'autre côté on trouverait un coin d'oreiller frais. Ça serait comme si on devenait la fraîcheur de l'oreiller, comme si on était un matin d'été. On ne penserait pas du tout au reste de la journée. On entendrait juste quelques voix tranquilles qui parleraient loin, à l'autre bout de la maison.

Philippe Delerm

Peu à peu le soleil perce

Belle herbe verte,
tendre.

J'y
suis allongé.

Au milieu des pétales jaunes et des boutons-d'or !

Au-dessus de moi,
chaud,
le ciel :

Une
blancheur, vaste, clairsemée,
creusée de lumière, ondulant de lumière,
éblouissante de lumière,
tremblante,
qui lentement, très lentement me ferme
les yeux.

Brise… qui passe, une odeur à peine…perceptible,
un
bourdonnement… très doux.

Je
suis loin maintenant
de tout univers,
une rougeur douce m'emplit complètement
et
je sens… distinctement… le soleil
s'écouler
dans mon sang.

Quelques minutes,
tout a sombré. Plus rien que moi.
Mon bonheur.

Arno Holz

m'étendant de tout mon long dans le bateau les yeux tournés vers le ciel, je me laissais aller et dériver lentement au gré de l'eau, quelquefois pendant plusieurs heures, plongé dans mille rêveries confuses mais délicieuses, et qui sans avoir aucun objet bien déterminé ni constant ne laissaient pas d'être à mon gré cent fois préférables à tout ce que j'avais trouvé de plus doux dans ce qu'on appelle les plaisirs de la vie.

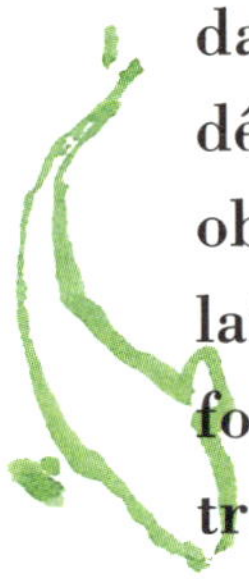

Jean-Jacques Rousseau

En juillet, je ferme l'atelier et nous partons à la cabane. C'est un coin d'herbe et d'eau, à deux pas. Ma famille s'y plaît.

Le matin nous dormons.

L'après-midi, j'avance mon bateau dans une tache d'ombre et je pêche. Les heures m'échappent.

Le soir, nous dînons sous les frênes. Nos voisins les taureaux nous connaissent. Ils appuient leur cou sur les barbelés et ils nous écoutent. Nous disons des choses sans portée.

À la fin du séjour, nous ne disons plus rien.

Comme eux, nous écoutons.

Georges-L. Godeau

Le Bonheur de Sisyphe

« Il faut imaginer Sisyphe heureux. » Je le croirais si je savais qu'on lui donnait le droit de s'arrêter quelques secondes de pousser sa pierre. Alors, parce qu'il aurait choisi de ne rien faire, choisi quelques secondes, elles deviendraient l'éternité, bonheur du corps, grand vide dans la tête, le vent sur le visage et l'odeur de la terre…
(…)
J'imagine parfois tout le bonheur de la fraîcheur de l'herbe pour le coureur à pied qui vient de terminer son huit cents mètres et s'assoit seul sur la pelouse, juste à côté de la piste brûlante ; le bonheur étonnant d'un raisin couvert de rosée volé en douce au coin d'une vigne de chasselas par le chasseur, après des heures de marche ; et quel bonheur celui de l'eau glacée dans la gourde de fer pour l'alpiniste à la fin de la course.
Tous ces petits bonheurs si simplement gagnés parce que le temps peut s'arrêter, et mesurer l'effort avant de repartir, tous ces petits bonheurs comptent dans une vie, font la terre plus douce, le plaisir meilleur, et Sisyphe va s'arrêter. Tant pis pour la malédiction des dieux. Le vent souffle sur son visage un air de liberté, comme la terre est belle ! Comment avait-il pu ne pas la regarder ? Le monde est un spectacle, le bonheur ne se compte pas. La pierre a dévalé la pente, peu importe. C'est un matin en plein été, et l'air est comme l'eau, juste avant le soleil de la journée.
Il faut imaginer Sisyphe heureux.

Philippe Delerm

J'étais autrefois bien nerveux.

Me voici sur une nouvelle voie :

Je mets une pomme sur ma table.

Puis je me mets dans cette pomme.

Quelle tranquillité !

Henri Michaux

Lorsqu'il n'ouvre pas
toutes grandes les portes,
Dieu ne fait rien.
Ce serait là son métier : ne rien faire.
C'est un métier très difficile, il y
a très peu de gens qui sauraient
bien le faire, qui sauraient ne rien faire.
Dieu, lui, fait cela très bien.
De temps en temps pour se reposer, il s'arrête de ne
rien faire : alors il fait des bouquets ; il cueille toutes
les lumières du monde, même celles des orages et des
encriers, il en fait des bouquets, mais ne sait
à qui les offrir. Ou bien il met un coquillage
tout contre son oreille et il écoute des musiques,
toutes les musiques du monde, longtemps il écoute
et c'est comme un flocon dedans son cœur,
un tourment d'écume, le premier âge de la mer,
l'immensité de la mer dedans son cœur et Dieu se
met à rire et Dieu se met à pleurer, parce que rire
ou pleurer, pour Dieu c'est pareil, parce que Dieu
est un peu fou, un peu bizarre. Et si on lui demande
ce qu'il a, il dit qu'il ne sait pas, qu'il a tout oublié
le long des chemins et qu'il a perdu la tête, perdu
son ombre, qu'il ne sait plus son nom. Et puis il rit,
et puis il pleure, et il s'en va et il s'en vient,
et c'est le jour, puis c'est la nuit, et puis voilà,
c'est toujours comme ça, toujours, chaque jour.

Christian Bobin

durant plus d'un jour de paresse
j'ai pleuré sur le temps perdu. Pourtant
il n'est jamais perdu, mon Seigneur !
Tu as pris dans tes mains chaque petit
moment de ma vie.
Caché au cœur des choses, tu nourris
jusqu'à la germination la semence,
jusqu'à l'épanouissement le bouton,
et la fleur mûrissante
jusqu'à l'abondance du fruit.
J'étais là, sommeillant sur mon lit
de paresse et je m'imaginais que tout
ouvrage avait cessé. Je m'éveillai dans
le matin et trouvai mon jardin plein
de merveilles et de fleurs.

Tagore

Il ne faut pas croire
que la paresse soit inféconde. On y vit intensément,
comme un lièvre qui écoute.
On y nage comme dans l'eau, mais on y sent le frôlement
des herbes du remords.
Il y a dans la paresse un état d'inquiétude qui n'est pas
vulgaire, et auquel l'esprit doit peut-être
ses plus fines trouvailles.

Jules Renard

ne pas dire un mot de toute la journée, ne pas lire le journal, ne pas entendre la radio, ne pas écouter de commérages, s'abandonner absolument, complètement à la paresse, être absolument, complètement indifférent au sort du monde, c'est la plus belle médecine qu'on puisse s'administrer.

Henry Miller

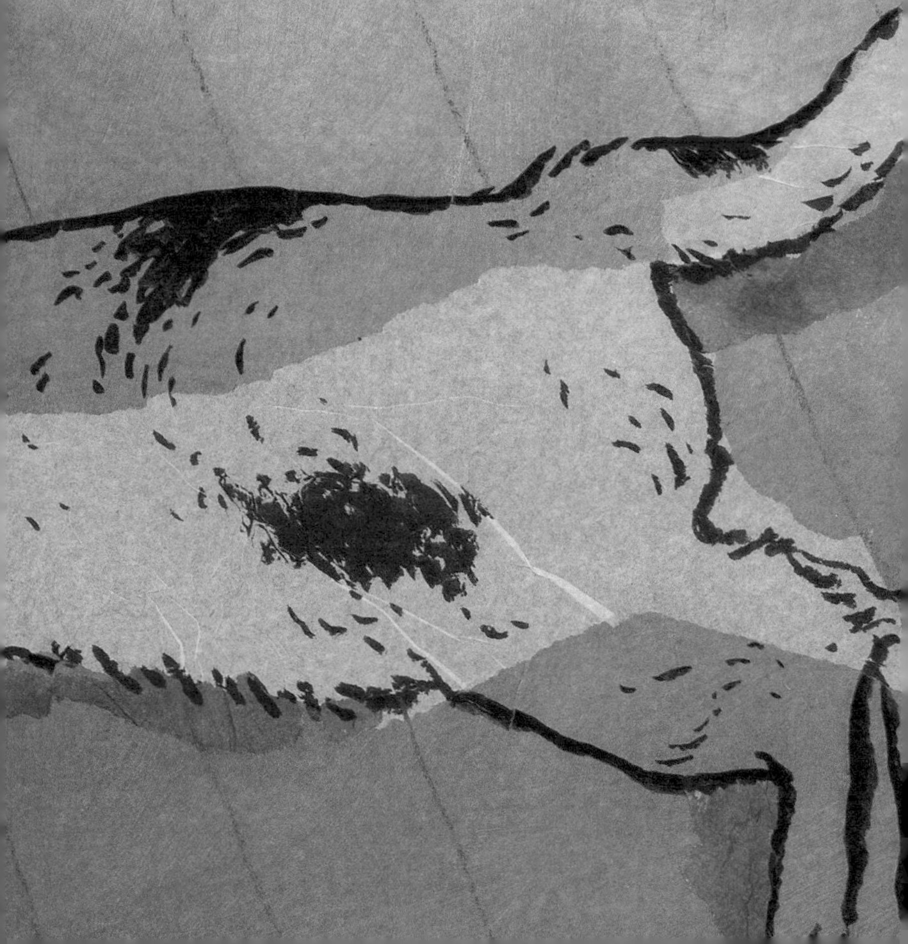

La mort attrape d'abord ceux qui courent.

Jean Giono

« Tra
te c
(.

« Traite peu d'affaires, dit-on, si tu veux te conserver en bonne humeur. »

(…)

En effet, la plupart de nos paroles et de nos actions n'étant pas indispensables, si on les retranche, on n'en a que plus de loisir et de tranquillité. C'est pourquoi il faut, en toute occasion, se remettre en mémoire : Ceci ne serait-il pas une des choses qui ne sont pas indispensables ? Et non seulement il faut retrancher les actions qui ne seraient pas indispensables, mais il faut aussi élaguer les idées. De cette manière, bien des actions qu'elles entraîneraient, ne s'ensuivront pas non plus.

Marc Aurèle

Ce que dit la grive

Ne te tourmente point en quête du savoir !
Je n'en ai pas
Et pourtant mon chant vient de lui-même
avecque la chaleur.
Ne te tourmente point en quête du savoir.
Je n'en ai pas
Et pourtant le soir écoute. Qui s'attriste
À la pensée de l'oisiveté ne peut être oisif,
Et celui-là veille, qui se croit endormi.

John Keats

Limite tes désirs des choses
de ce monde et vis content.
Détache-toi des entraves
du bien et du mal d'ici-bas,
Prends la coupe et joue avec
les boucles de l'aimée, car, bien vite,
Tout passe... et combien de jours nous reste-t-il ?

Omar Khayyam

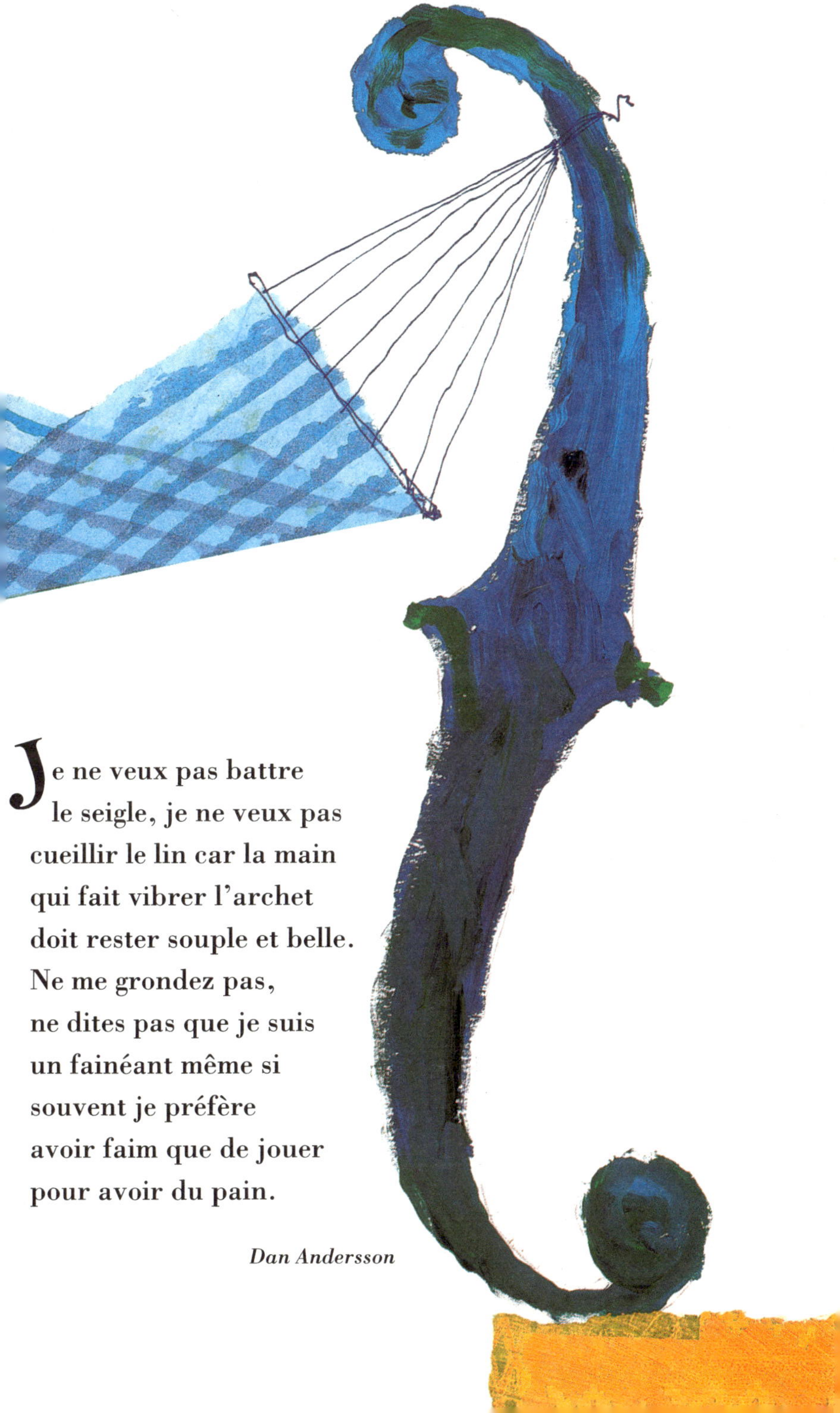

Je ne veux pas battre
le seigle, je ne veux pas
cueillir le lin car la main
qui fait vibrer l'archet
doit rester souple et belle.
Ne me grondez pas,
ne dites pas que je suis
un fainéant même si
souvent je préfère
avoir faim que de jouer
pour avoir du pain.

Dan Andersson

Quand je danse, je danse ; quand je dors,
je dors ; voire et quand je me promène solitairement
en un beau verger, si mes pensées se sont
entretenues des occurrences étrangères quelque
partie du temps, quelque autre partie je les ramène
à la promenade, au verger, à la douceur
de cette solitude, et à moi.

Montaigne

Il est un temps pour aller à la pêche

et un temps pour faire sécher les filets.

Proverbe chinois

Le travail. — L'essentiel de la civilisation c'est le travail, le Travail avec un grand T, le nouveau Dieu. C'est la pire invention, c'est la grande aliénation de l'homme, la parfaite mystification.

L'animal naturellement ne travaille pas. Tout animal, oiseau ou poisson, possède son domaine propre, un lopin d'air, un arpent de sol, où il chasse et pêche de plein droit. Pendant des millions d'années, l'homme n'a pas plus travaillé que le condor, la gazelle ou le rhinocéros. C'était le paradis terrestre.

Je n'ai jamais travaillé, sauf à contrecœur : les travaux forcés. Mais travailler pour faire fortune, pour l'industrialisation de la patrie, pour l'honneur, par devoir, voire pour le plaisir — pour le diable quoi ! *nenni ! nada ! niente ! niet !*

Le mot travail n'existe pas en grec. Il n'y a que le mot agir, faire : faire l'amour, faire la sieste.

Joseph Delteil

Une étrange folie possède les classes ouvrières des nations où règne la civilisation capitaliste. Cette folie traîne à sa suite des misères individuelles et sociales qui, depuis des siècles, torturent la triste humanité. Cette folie est l'amour du travail, la passion moribonde du travail, poussée jusqu'à l'épuisement des forces vitales de l'individu et de sa progéniture.

(...)

Notre époque est, dit-on, le siècle du travail ; il est en effet le siècle de la douleur, de la misère et de la corruption.

(...)

Si, déracinant de son cœur le vice qui la domine et avilit sa nature, la classe ouvrière se levait dans sa force terrible, non pour réclamer les *Droits de l'homme*, qui ne sont que les droits de l'exploitation capitaliste, non pour réclamer le *Droit au travail*, qui n'est que le droit à la misère, mais pour forger une loi d'airain, défendant à tout homme de travailler plus de trois heures par jour, la Terre, la vieille Terre, frémissant d'allégresse, sentirait bondir en elle un nouvel univers...

(...)

Ô Paresse, prends pitié de notre longue misère ! Ô Paresse, mère des arts et des nobles vertus, sois le baume des angoisses humaines !

Paul Lafargue

Pourquoi le travail est-il à ce point exalté, porté sur le trône de la gloire et des louanges, quand la paresse est clouée au pilori, pourquoi les paresseux dans leur ensemble sont-ils couverts d'opprobre, marqués du sceau de l'infamie, du sceau de la mère-paresse, quand le moindre travailleur est voué à la gloire, aux honneurs, aux récompenses ? J'ai toujours pensé que ce devait être exactement le contraire : le travail doit être maudit, comme l'enseignent les légendes sur le paradis, tandis que la paresse doit être le but essentiel de l'homme.

Kazimir Malevitch

L'appétit d'honneur
et de louange prive
l'humanité de tout repos,
Mais dans la chaleur du
soleil et la caresse du vent,
les choses se renouvellent
spontanément.
La clarté printanière,
au-delà du pouvoir
des hommes, est pâle
et profonde ;
Dans les monts
du repos sans fin
se trouve un homme,
seul et tranquille. *Gesshû*

Ainsi immobile,
assis sans rien faire
Le printemps vient,
l'herbe pousse d'elle-même

Poète chinois
anonyme

Je me tourne devant le torrent,
reflet dans le courant bleu-vert
ou face au bord des pics,
assis sur un rocher stable
Le cœur ressemble au nuage isolé,
nulle part soutenu
Les si lointaines affaires du monde,
pourquoi les rechercher ?

Han Shan

L'Auberge
des bambous

Seul, assis à l'écart
dans le bosquet de bambous
Jouant la cithare qui répond
à mes longs fredonnements
Dans la forêt profonde nul ne me connaît
Le clair de lune vient m'éclairer

Wang Wei

Sur l'homme d'affaires

C'est l'histoire d'un homme d'affaires qui est en vacances en Inde. Sur la grève, il voit un pêcheur qui revient avec un poisson. Il admire sa prise et lui dit :

– C'est le bonheur. Tu retournes en chercher ? Je vais avec toi. Il faut que tu m'expliques comment tu pêches.

– Retourner en chercher !... mais pour quoi faire ? demande le pêcheur.

– Mais parce que tu en auras plus, répond l'homme d'affaires.

– Mais pour quoi faire ?

– Parce que, quand tu en auras plus, tu en revendras.

– Mais pour quoi faire ?

– Parce que, quand tu l'auras vendu, tu auras de l'argent.

– Mais pour quoi faire ?

– Parce que tu pourras t'acheter un petit bateau.

– Mais pour quoi faire ?

– Eh bien, avec ton petit bateau, tu pourras avoir plus de poissons.

– Mais pour quoi faire ?

– Eh bien, tu pourras prendre des ouvriers.

– Mais pour quoi faire ?

– Ils travailleront avec toi.

– Mais pour quoi faire ?

– Tu deviendras riche.

– Mais pour quoi faire ?

– Tu pourras te reposer.

Le pêcheur lui dit alors :

– Mais c'est ce que je vais faire tout de suite.

Abbé Pierre

À quelle heure faut-il se lever ?

Nasr Eddin ne se lève pas tôt le matin, en règle générale ; de là des discussions à l'infini avec sa femme pour savoir qui sortira le baudet de l'étable.

Ses voisins au contraire, tous des paysans, sautent du lit au chant du coq, et ils ne voient pas d'un bon œil ces manières de fainéant.

Un jour donc, l'un d'eux se rend à son champ à l'heure où le soleil perce juste à l'horizon, et trouve une pièce d'or sur son chemin. Le soir, tout heureux, il vient raconter sa bonne fortune à Nasr Eddin :

– Regarde comme cela m'a porté bonheur de me lever de grand matin ! Quand je pense qu'il y en a qui paressent au lit… Si j'étais passé plus tard, jamais je n'aurais trouvé cette pièce : quelqu'un d'autre l'aurait ramassée avant moi.

– Mais qui te dit, objecte le Hodja, qu'elle n'était pas déjà là hier soir ?

– Si elle y avait été, je l'aurais vue en revenant hier. D'ailleurs là n'est pas la question.

– Ô marcheur sans tête ! Toute la question est là, au contraire : celui qui a eu la malchance de la perdre s'était donc levé encore plus tôt que toi !

Sublimes paroles de Nasr Eddin Hodja

Le Professeur de paresse

Sous un figuier aux larges feuilles sombres et aux fruits bleus et chauds de soleil, il y avait un homme allongé, la bouche grande ouverte. Quelqu'un vint à passer, et, tout étonné, demanda :
– Mais que faites-vous donc ?
– J'attends qu'une figue tombe dans ma bouche.
– Excellente idée ! Je vais suivre votre exemple.
Il s'étendit. Bientôt une figue tomba entre les deux hommes.
– Est-elle plus près de vous ou de moi ? demanda le premier.
– De vous, dit le second.
– Donc, elle est à moi... Auriez-vous l'amabilité de la mettre dans ma bouche ?
Le nouveau venu ramassa la figue entre deux orteils et la déposa dans la bouche de son voisin.
– Ma parole ! Vous êtes encore plus paresseux que moi, soupira le premier avec admiration. Accepteriez-vous de me prendre comme votre humble disciple ?
– Avec plaisir.
Il fut décidé d'attendre le lendemain pour accomplir la cérémonie rituelle, car la conversation les avait bien assez fatigués pour ce jour.
Le lendemain, à midi, le futur disciple frappa à la porte de son futur maître. Il apportait un régime de bananes en offrande à Confucius qui est le patron tout à la fois des érudits, des maîtres et des disciples.
– Je n'ai pas de table où déposer votre cadeau, dit l'hôte en ouvrant la porte. Veuillez aller en chercher une dans la cour.
– Oh ! non ! Je suis déjà bien trop fatigué... Prenons mon dos en guise de table à offrandes, répondit le visiteur.
Et, disant ces mots, il s'agenouilla et posa ses mains à plat sur le plancher.
– Je crois qu'hier nous avons fait une erreur : vous êtes certainement plus paresseux que moi ; à mon tour de vous demander d'être mon maître, dit l'hôte.
Mais la « table », à genoux, s'était déjà endormie...

Conte vietnamien

Robinson

Quand après en avoir fait le tour, je me fus assuré que l'île était parfaitement déserte, je ne tombai pas à genoux sur les arènes de la grève en versant des larmes amères. Je me mis aussitôt à ne pas labourer, semer, creuser des troncs d'arbres, tarabuster un perroquet jusqu'à ce qu'il fût capable de prononcer correctement le mot « Espoir ». Je jetai ma longue-vue à la mer, et je ne mis pas de clôture autour de mon domaine. La marée ayant ramené avec elle de nombreuses épaves du navire, fort utiles à un naufragé, j'allai, pour ne plus les voir, m'installer de l'autre côté de l'île. Puis, ayant trouvé une caverne profonde, inaccessible, sourde, aveugle, muette et tapissée de sable sec, je me mis à dormir comme j'ai envie de dormir depuis toujours, sans que la vie ait bien voulu me le permettre : en épaisseur.

Quelques minutes plus tard, les sauveteurs étaient là, et, ravis, me frappèrent à l'épaule pour me réveiller.

Jean Ferry

Ah ! me répandre comme une bouse
et ne plus bouger !

Samuel Beckett

Il ne manque cependant
à l'oisiveté du sage
qu'un meilleur nom,
et que méditer, parler,
lire et être tranquille,
s'appelât travailler.

— *La Bruyère*

Sources des textes

- **Philippe Delerm**, *Surtout ne rien faire*, Ed. Milan, coll. Zanzibar jeunesse, 1994
- **Arno Holz**, « Peu à peu le soleil perce » in *Anthologie bilingue de la poésie allemande*, trad. Jean-Pierre Lefebvre, Ed. Gallimard, Bibliothèque de la Pléiade, 1993
- **Jean-Jacques Rousseau**, *Cinquième promenade*, in *Les Rêveries du promeneur solitaire*, 1782
- **Georges-L. Godeau**, « Un coin d'herbe » in *Votre vie m'intéresse*, Ed. Le Dé bleu, 1985
- **Philippe Delerm**, *Le Bonheur. Tableaux et bavardages*, Ed. du Rocher, 1986
- **Henri Michaux**, extrait de « Magie » in « Entre centre et absence » issu de *Plume*, Ed. Gallimard, 1963
- **Christian Bobin**, *Souveraineté du vide*, Ed. Fata Morgana, 1985
- **Rabindranath Tagore**, « Durant plus d'un jour de paresse… » in *L'Offrande lyrique*, trad. André Gide, Ed. Gallimard, coll. Poésie, 1963
- **Jules Renard**, *Journal*
- **Henry Miller**, *Le Colosse de Maroussi*, Ed. Livre de poche GF, 1983
- **Jean Giono**, *L'Iris de Suse*, Ed. Gallimard, coll. Folio, 1974
- **Marc Aurèle**, *Pensées, Livre IV*, trad A.I. Trannoy, Ed. Belles lettres, 1947
- **John Keats**, *Ce que dit la grive*, in Georges Albert Astre, *John Keats*, Ed. Pierre Seghers, coll. Poètes d'aujourd'hui, 1966
- **Omar Khayyam**, *Les Quatrains*, traduit du persan par Charles Grolleau, Ed. Gérard Lebovici, 1988
- **Dan Andersson**, *Le Musicien*, cité in *Dictionnaire de citations*, Ed. Robert, 1990
- **Montaigne**, *Les Essais*
- **Bernard Ducourant**, *Sentences et proverbes de la sagesse chinoise*, Ed. Albin Michel, coll. Espaces libres, 1995
- **Joseph Delteil**, *La Delteillerie*, Ed. Grasset, 1968
- **Paul Lafargue**, *Le Droit à la paresse*, 1880
- **Kazimir Malevitch**, *La paresse comme vérité effective de l'homme*, trad. Régis Gayraud, Ed. Allia, 1995
- **Gesshû** (1618-1696), cité in Stephen Addis, *L'Art zen*, Ed. Bordas, 1994
- *Les Yeux du dragon, une anthologie de la poésie chinoise*, trad. Daniel Giraud, Ed. Le bois d'Orion, 1993
- **Abbé Pierre**, cité in Philippe Jost, *Les Quatre Vérités de l'Abbé Pierre*, Ed. Hors collection, 1995
- **Jean-Louis Maunoury**, *Sublimes paroles et idioties de Nasr Eddin Hodja*, Ed. Phébus, 1990
- *Conte vietnamien* cité in Mireille Gansel, *Le Trésor de l'homme*, Ed. La Farandole
- **Jean Ferry**, *La Société secrète*, Ed. Fontaine, coll. L'Âge d'or, 1946
- **Samuel Beckett**, *Tous ceux qui tombent*, trad. Pinget, Ed. de Minuit, 1957
- **La Bruyère**, *Les Caractères*, 1688

Imprimé en France par Pollina, 85400 Luçon - n° 70522

PARESSE